Ali Baba i czterdziestu rozbójników

Ali Baba and the Forty Thieves

Retold by Enebor Attard
Illustrated by Richard Holland
Polish translation by Jolanta Starek-Corile

tra Lingua

Dawno temu w Arabii, Ali Baba zbierając drewna na opał w księżycowym blasku, zauważył coś zadziwiającego. Jakiś głuchy odgłos dochodził nie z niebios, ale z głębi ziemi.

A long time ago in Arabia, on a full moon night, Ali Baba noticed something very strange as he gathered firewood. A rumbling sound, like thunder, came not from the sky, but from below the earth.

Ku wielkiemu zdziwieniu Ali Baby ogromny głaz przetoczył się, ukazując mroczną jaskinię.

And to Ali Baba's astonishment, a gigantic rock rolled across on its very own, revealing a dark cave.

Księżycowe światło rzucało dziwne cienie na pobliskie skały. Ali Baba wiedział, że nie jest już sam. Gdy skradał się bliżej, omal nie wystraszył stada koni oczekujących na swoich jeźdźców. Ali Baba ukrył się i niedługo po tym grupa tajemniczych postaci skicrowała się w jcgo stronç.

The moonlight sent strange shadows across the rocks. Ali Baba felt he was not alone. He crept closer and nearly fell upon a pack of horses waiting for their riders. Ali Baba hid and it was not long before a bunch of shadowy cloaks and hoods came out of the cave towards him.

Była to banda rozbójników czekających na swojego przywódcę Kaida.
Gdy Kaid się pojawił, skierował wzrok w kierunku gwiazd i głośno zawołał
– Sezamie, zamknij się! Ogromny głaz zatrząsł się i powoli przetoczył się
na uprzednie miejsce, zamykając wejście do jaskini, a tym samym skrywając
swą tajemnicę przed całym światem... z wyjątkiem Ali Baby.

They were thieves waiting outside for Ka-eed, their leader.
When Ka-eed appeared, he looked towards the stars and howled out, “Close Sesame!”
The huge rock shook and then slowly rolled back, closing the mouth of the cave,
hiding its secret from the whole world... apart from Ali Baba.

Jak tylko rozbójnicy oddalili się, Ali Baba popchnął głaz z całej siły.
Ale głaz ani drgnął, jakby nic na świecie nie było w stanie go poruszyć.
- Sezamie, otwórz się! – wyszeptał Ali Baba.
Głaz przesunął się powoli, ukazując głęboką i mroczną jaskinię.
Ali Baba starał się stąpać jak najciszej, ale każdy jego krok dudnił donośnym echem.
Wnet Ali Baba potknął się i zaczął spadać w głąb jaskini, aż wylądował na stosie bogato tkanych dywanów. Dookoła rozciągał się widok worków po brzegi wypełnionych złotymi i srebrnymi monetami, słoi pełnych brylantów i szmaragdów oraz wielkich stągwi... z jeszcze większą ilością złotych monet!

When the men were out of sight, Ali Baba gave the rock a mighty push.
It was firmly stuck, as if nothing in the world could ever move it.
"Open Sesame!" Ali Baba whispered.
Slowly the rock rolled away, revealing the dark deep cave. Ali Baba tried to move quietly but each footstep made a loud hollow sound that echoed everywhere.
Then he tripped. Tumbling over and over and over he landed on a pile of richly embroidered silk carpets. Around him were sacks of gold and silver coins, jars of diamond and emerald jewels, and huge vases filled with... even more gold coins!

‘Czy to sen?’ – zastanawiał się Ali Baba. Wnet podniósł naszyjnik z brylantów, a jego blask o mało go nie oślepił. Założył go na szyję. Chwilę potem założył następny i jeszcze jeden. Skarpety napełnił klejnotami, a do każdej kieszeni napchał tyle złota, że z trudnością wychodził z jaskini. Gdy znalazł się na zewnątrz, odwrócił się w stronę potężnego głazu i zawołał – Sezamie, zamknij się! I głaz szczelnie zamknął swe wejście. Nietrudno sobie wyobrazić, że powrót do domu zajął Ali Babie trochę czasu. Kiedy tylko jego żona ujrzała całe to bogactwo zapłakała z radości. Starczyło im teraz pieniędzy na całe życie!

“Is this a dream?” wondered Ali Baba. He picked up a diamond necklace and the sparkle hurt his eyes. He put it around his neck. Then he clipped on another, and another. He filled his socks with jewels. He stuffed every pocket with so much gold that he could barely drag himself out of the cave.
Once outside, he turned and called, “Close Sesame!” and the rock shut tight.
As you can imagine Ali Baba took a long time to get home. When his wife saw the load she wept with joy. Now, there was enough money for a whole lifetime!

Następnego dnia Ali Baba opowiedział swojemu bratu Kassimowi, co mu się przydarzyło.
– Trzymaj się z dala od tej jaskini – ostrzegał go Kassim – to zbyt niebezpieczne. Czy Kassim tak naprawdę obawiał się o bezpieczeństwo swojego brata? Ani trochę go to nie obchodziło.

The next day, Ali Baba told his brother, Cassim, what had happened.
"Stay away from that cave," Cassim warned. "It is too dangerous."
Was Cassim worried about his brother's safety? No, not at all.

Tej samej nocy Kassim wymknął się z miasteczka zabierając ze sobą trzy osły. Gdy tylko znalazł się w zaczarowanym miejscu zawołał – Sezamie, otwórz się! A głaz się odsunął. Do jaskini weszły pierwsze dwa osły, ale trzeci uparcie stał w miejscu. Kassim ciągnął go i ciągnął, krzyczał i okładał batami, aż w końcu biedne zwierzę mu uległo. Ale osioł tak się rozzłościł, że z całej siły kopnął głaz, który powoli zamknął wejście do jaskini.
– Pospiesz się, miernoto – odezwał się zdenerwowany Kassim.

That night, when everyone was asleep, Cassim slipped out of the village with three donkeys. At the magic spot he called, "Open Sesame!" and the rock rolled open.
The first two donkeys went in, but the third refused to budge. Cassim tugged and tugged, whipped and screamed until the poor beast gave in. But the donkey was so angry that it gave an almighty kick against the rock and slowly the rock crunched shut.
"Come on you stupid animal," growled Cassim.

Wewnątrz jaskini Kassim nie posiadał się ze zdumienia. Napełnił torby klejnotami i zawiesił je na biednych osłach. Gdy nie był już w stanie więcej udźwignąć, postanowił wrócić do domu. Głośno więc zawołał – Orzechu, otwórz się! Ale nic się nie stało.
– Migdale, otwórz się! – zawołał. I ponownie nic się nie stało. – Pistacjo, otwórz się.
Ale głaz ani drgnął. Zdesperowany Kassim krzyczał i rzucał przekleństwami, ale za nic nie mógł sobie przypomnieć 'Sezamie'!
Kassim i jego trzy osły znaleźli się w pułapce.

Inside, an amazed Cassim gasped with pleasure. He quickly filled bag after bag, and piled them high on the poor donkeys. When Cassim couldn't grab any more, he decided to go home.
He called out aloud, "Open Cashewie!" Nothing happened.
"Open Almony!" he called. Again, nothing.
"Open Pistachi!" Still nothing.
Cassim became desperate. He screamed and cursed as he tried every way possible, but he just could not remember "Sesame"!
Cassim and his three donkeys were trapped.

Następnego ranka zaniepokojona szwagierka zapukała do drzwi Ali Baby. – Kassim nie wrócił do domu – mówiła szlochając. – Gdzież on się podział? Ali Baba był wstrząśnięty tą wiadomością. Zaczął wszędzie szukać swojego brata, aż w końcu padł z wyczerpania. 'Co stało się z Kassimem?' I wtedy sobie przypomniał.
Udał się do miejsca, w którym mieścił się głaz. Przed jaskinią leżało martwe ciało Kassima. Rozbójnicy znaleźli go pierwsi.
'Kassim musi być jak najszybciej pochowany' – rozmyślał Ali Baba dźwigając ciężkie ciało swego brata do domu.

Next morning a very upset sister-in-law came knocking on Ali Baba's door. "Cassim has not come home," she sobbed. "Where is he? Oh, where is he?" Ali Baba was shocked. He searched everywhere for his brother until he was completely exhausted. Where could Cassim be?
Then he remembered.
He went to the place where the rock was. Cassim's lifeless body lay outside the cave. The thieves had found him first.
"Cassim must be buried quickly," thought Ali Baba, carrying his brother's heavy body home.

Gdy rozbójnicy powrócili na miejsce zbrodni, nie odnaleźli ciała Kassima. Może zostało ono porwane na strzępy przez dzikie zwierzęta. Ale czyje to ślady stóp?
- Ktoś inny zna naszą tajemnicę – krzyknął wściekły ze złości Kaid. – On też musi zginąć!
Rozbójnicy podążyli śladami zostawionymi na piasku i natknęli się na procesję pogrzebową prowadzącą do domu Ali Baby. 'To tu' – pomyślał Kaid i po kryjomu nakreślił na drzwiach białe kółko. 'Dziś w nocy, gdy wszyscy będą spali, zabiję go'.
Ale Kaid nie wiedział, że ktoś go zauważył.

When the thieves returned they could not find the body. Perhaps wild animals had carried Cassim away. But what were these footprints?
"Someone else knows of our secret," screamed Ka-eed, wild with anger.
"He too must be killed!"
The thieves followed the footprints straight to the funeral procession which was already heading towards Ali Baba's house.
"This must be it," thought Ka-eed, silently marking a white circle on the front door. "I'll kill him tonight, when everyone is asleep."
But Ka-eed was not to know that someone had seen him.

Obserwowała go służąca Morgianna.
Miała przeczucie, że ten dziwny nieznajomy był niegodziwym człowiekiem.
'Cóż może oznaczać to kółko?' – zastanawiała się oczekując, aż Kaid się oddali.
Wkrótce potem Morgianna zdobyła się na coś bardzo sprytnego. Wzięła kredę
i każde drzwi w miasteczku naznaczyła takim samym białym kółkiem.

The servant girl, Morgianna, was watching him.
She felt this strange man was evil. "Whatever could
this circle mean?" she wondered and waited for
Ka-eed to leave. Then Morgianna did something
really clever. Fetching some chalk she marked
every door in the village with the same white circle.

Tej samej nocy rozbójnicy cichaczem wemknęli się do miasteczka, podczas gdy wszyscy jego mieszkańcy mocno spali.
- To ten dom – wyszeptał jeden z rozbójników.
- Nie, to tamten – odrzekł następny.
- Co wy wygadujecie? To ten – krzyknął trzeci rozbójnik.
Kaid był zdezorientowany. Doszło do jakiejś strasznej pomyłki i Kaid dał swoim rozbójnikom sygnał do odwrotu.

That night the thieves silently entered the village when everyone was fast asleep.
"Here is the house," whispered one.
"No, here it is," said another.
"What are you saying? It is here," cried a third thief.
Ka-eed was confused. Something had gone terribly wrong, and he ordered his thieves to retreat.

Następnego ranka o świcie Kaid pojawił się z powrotem. Jego długi cień padał na dom Ali Baby i Kaid był przekonany, że to właśnie tego kółka nie był w stanie odnaleźć poprzedniej nocy. Przyszedł mu do głowy pewien plan. Zdecydował, że podaruje Ali Babie czterdzieści pięknie malowanych stągwi, lecz każda z nich skrywała będzie uzbrojonego rozbójnika gotowego do ataku. Morgianna była zdziwiona, gdy tego samego dnia ujrzała karawanę składającą się z wielbłądów i koni zaprzężonych do wozów, które zatrzymały się przed domem Ali Baby.

Early next morning Ka-eed came back.
His long shadow fell on Ali Baba's house and Ka-eed knew that *this* was the circle he could not find the night before. He thought of a plan.
He would present Ali Baba with forty beautifully painted vases.
But inside each vase would be one thief, with his sword ready, waiting.
Later that day, Morgianna was surprised to see a caravan of camels, horses and carriages draw up in front of Ali Baba's house.

Jakiś człowiek w purpurowych szatach i ozdobnym turbanie złożył wizytę jej panu.
– Ali Babo – odezwał się mężczyzna. – Jesteś obdarzony niezwykłym talentem. Aby odnaleźć brata i wyrwać go z kłów dzikich zwierząt, to iście dzielny uczynek, który powinien być nagrodzony. Mój szejk, arystokrata z Kurgustanu składa ci w ofierze czterdzieści beczek wypełnionych najcenniejszymi klejnotami, jakie posiada.
Z pewnością zdążyliście już się domyśleć, że Ali Baba nie był zbyt bystrym człowiekiem i uradowany przyjął ofiarowany mu prezent.
– Spójrz, Morgianno, przyjrzyj się, co mi podarowano – powiedział. Lecz podejrzliwa Morgianna wyczuła chytry podstęp.

A man in purple robes and magnificent turban called on her master.
"Ali Baba," the man said. "You are gifted. Finding and saving your brother from the fangs of wild animals is indeed a courageous act. You must be rewarded.
My sheikh, the noble of Kurgoostan, presents you with forty barrels of his most exquisite jewels."
You probably know by now that Ali Baba was not very clever and he accepted the gift with a wide grin.
"Look, Morgianna, look what I have been given," he said.
But Morgianna was not sure. She felt something terrible was going to happen.

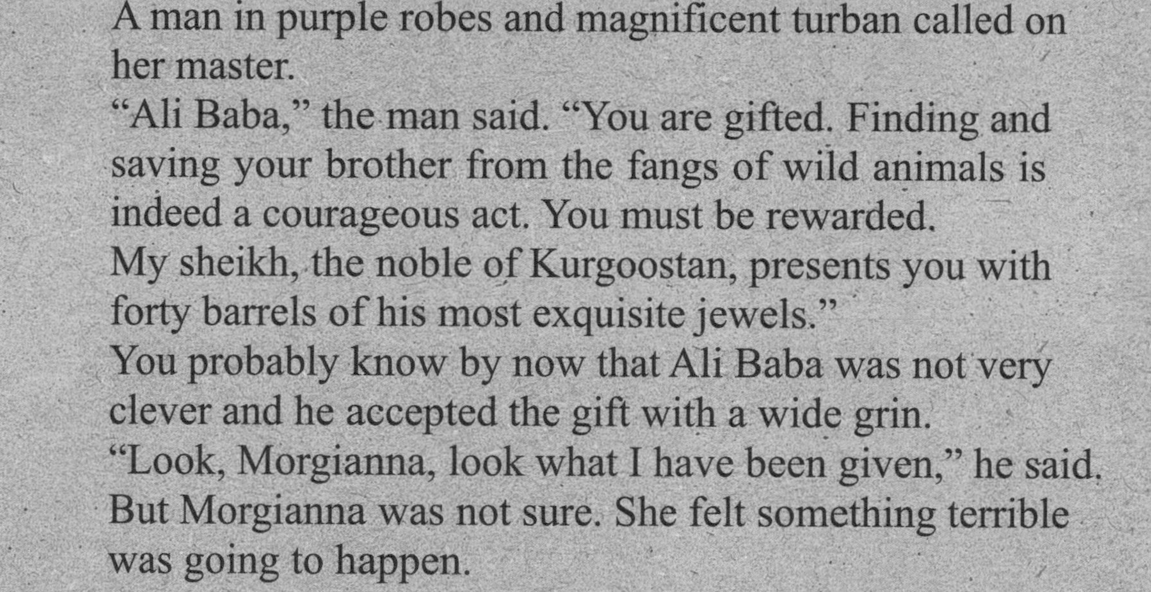

- Pospiesz się – zawołała, jak tylko Kaid opuścił ich dom. – Zagotuj trzy wielbłądzie miary oleju, aż z garnków zacznie unosić się dym. Spiesz się, zanim będzie za późno. Później wszystko ci wytłumaczę. Niedługo po tym Ali Baba przyniósł skwierczący olej, rozgrzany płomieniami tysiąca żarzących się węgli. Morgianna napełniła wiadro tym piekielnym wrzątkiem, przelała go do pierwszej beczki i szczelnie zamknęła przykrywę. Beczka gwałtownie się zatrzęsła, nieomal przewracając się na ziemię, ale wkrótce potem zamarła w bezruchu. Morgianna po cichu uniosła pokrywę i Ali Baba ujrzał martwego rozbójnika. Przekonany o spisku pomógł Morgiannie w podobny sposób zabić resztę rozbójników.

"Quick," she called, after Ka-eed had left. "Boil me three camel-loads of oil until the smoke rises out of the pots. Quick, I say, before it istoo late. I will explain later."
Soon Ali Baba brought the oil, spluttering and hissing from the flames of a thousand burning coals.
Morgianna filled a bucket with the evil liquid and poured it into the first barrel, shutting the lid tight. It shook violently, nearly toppling over. Then it became still. Morgianna quietly opened the lid and Ali Baba saw one very dead robber!
Convinced of the plot, Ali Baba helped Morgianna kill all the robbers in the same way.

Tego samego wieczoru Kaid przybył na ucztę do Ali Baby. Objadano się pieczonym mięsem i chlebem, a zapijano gęstym nektarem z wytrawnych owoców. Lecz atrakcją wieczoru był taniec Morgianny! Biedy Kaid nie miał szans. Po tłustym jadle ciężko mu się odbijało, ale Kaid podążał wzrokiem za Morgianną, która w wirującym tańcu zbliżała się coraz bliżej Kaida. W pewnym momencie Kaid poczuł, jak diamentowy sztylet zatapia się głęboko w jego sercu.

That evening Ka-eed arrived to feast with Ali Baba.
They gorged on meats and breads cooked in wonderful ways.
They drank the rich nectar of sumptuous fruits. But the highlight was Morgianna's dance! Poor Ka-eed did not have a chance. Belching with the rich food, his eyes rolled round and round watching Morgianna spin closer and closer.
Then all of a sudden, he felt a diamond studded dagger plunge into the depths of his heart.

Następnego dnia Ali Baba powrócił do miejsca, w którym znajdował się tajemniczy głaz. Opróżnił jaskinię z monet i klejnotów w niej przechowywanych, i po raz ostatni zawołał – Sezamie, zamknij się! Klejnotami obdarzył lud, który uczynił Ali Babę swoim przywódcą. A Morgiannę Ali Baba mianował swoim głównym doradcą.

The next day Ali Baba returned to the place where the rock was. He emptied the cave of its secret coins and jewels and he called out, "Close Sesame!" for the last time.
He gave all the jewels to the people, who made Ali Baba their leader.
And Ali Baba made Morgianna his chief adviser.